POÉSIE HÉROÏQUE

DES

INDIENS.

SUPPLÉMENT.

TEXTES DE VERS SANSCRITS TRADUITS EN VERS LATINS

PAR

F.-G. EICHHOFF.

PROFESSEUR A LA FACULTÉ DES LETTRES DE LYON,
CORRESPONDANT DE L'INSTITUT.

LYON.

IMPRIMERIE DE F. DUMOULIN, LIBRAIRE,
Rue Centrale, 20 (allée de l'Homme d'Osier).

1854.

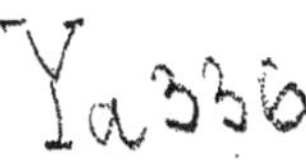

1854. Lyon, imp. de F. Dumoulin, rue Centrale, 20.

POÉSIE HÉROÏQUE

DES

INDIENS.

SUPPLÉMENT.

TEXTES DE VERS SANSCRITS TRADUITS EN VERS LATINS

Notre traduction en vers latins de quelques passages des épopées indiennes a été accueillie avec une faveur qui nous flatte, mais non sans nous laisser quelques regrets. Des littérateurs éminents, ceux que nous reconnaissons pour nos maîtres, ont soupçonné dans la forme virgilienne de nos imitations poétiques du Râmâyan et du Mahâbhârat une réminiscence de rhétorique, un simple jeu où l'imagination se serait donné libre carrière, peu soucieuse de l'expression exacte et littérale du texte indien. Ce reproche nous a d'autant plus touché que, donnant toute notre attention à des études qui nous sont chères, nous recherchions ici beaucoup moins l'honneur de versifier en latin classique que celui de faire apprécier quelques-unes des beautés si diverses de cette noble et riche littérature apparue aux yeux de l'Europe après tant de

siècles d'oubli. Nous devons donc appuyer sur des preuves
l'exactitude de notre traduction, tout en gardant certaines
bornes que nous ne saurions dépasser. Reproduire l'ensemble
des textes connus ou inédits que nous avons imités serait
en ce moment une tâche trop compliquée, et nous devons nous
en remettre sur ce point au jugement spécial des indianistes
qui ont bien voulu approuver notre essai. Mais présenter des
preuves partielles et convaincantes malgré leur brièveté, est
une satisfaction que nous nous empressons de donner au
doute intelligent de ceux qui, disciples fidèles d'Homère et
de Virgile, perpétuent au milieu des tendances si positives
de notre époque, le culte des belles-lettres et celui du bon
goût.

C'est à eux en effet que s'adressent ces rapprochements pris
au hasard dans une littérature séculaire qui, précédant celle
des Ioniens, Grecs primitifs de l'Asie mineure, a été l'har-
monieux prélude de toutes nos littératures modernes (¹).
Nous ne ferons pas ici une énumération nouvelle de ses
œuvres si nombreuses et si belles, que les travaux d'illustres
savants ont commencé à mettre en lumière d'une manière
tellement évidente qu'il serait plus permis d'en nier l'existence
que d'en contester la valeur. Nous ne reviendrons pas non
plus sur le sens exquis qui réside au fond même de cet antique
idiome, contenant en soi les origines du grec, du latin, du

(¹) Les deux peuples limitrophes le plus généralement cités dans les livres
sanscrits sont en effet les Yavauas, Ioniens ou Grecs, et les Sacas, Scythes ou
Germains. Puis viennent d'autres nations de race blanche, dont les Aryas
reconnaissent également la fraternité primitive. Mais un contraste frappant
les sépare des Vanaras du Decan, de race jaune, et des Raxasas de Ceylan,
de race noire; gradation curieuse qu'on retrouve chez toute la popula-
tion antique, et qui montre dans l'humanité entière trois phases distinctes
d'existence et de progrès.

gothique, de l'allemand, du lithuanien, du russe, du celtique,
du persan, et de toutes les langues qui en dérivent soit en
Europe soit en Asie, et révélant par d'expressifs monosyllabes
l'idée primitive de chaque mot. Ce sujet, que les maîtres de
la science ont d'abord indiqué à grands traits, a été complète-
ment développé dans des ouvrages spéciaux souvent renou-
velés (¹).

Mais les citations textuelles qui vont suivre exigent que
nous rappelions ici quelques-unes des règles de grammaire,
d'orthographe et de prosodie inhérentes à la langue sanscrite, et c'est ce que nous allons faire brièvement.

L'alphabet sanscrit ou indien primitif se compose de cin-
quante lettres simples, représentant presque au complet les
intonations de la voix humaine, et offrant un contraste remar-
quable avec notre alphabet usuel. Celui-ci, inventé comme
on le sait en Phénicie, et répandu anciennement chez les
Hébreux, les Phrygiens, les Grecs, les Etrusques, les Romains;
plus tard dans les runes germaniques, les rituels arabes,
coptes, gothiques, slavons, et enfin dans toutes les langues
d'Europe et chez toutes les nations musulmanes, présente
partout ses 22 à 30 lettres dans un ordre entièrement opposé
à l'échelle naturelle des sons : confusion apparente fondée
probablement sur la série des astérismes lunaires, comme
est fondée sur les planètes la nomenclature de nos jours (²).
L'alphabet indien au contraire présente, non à son origine,
mais dès une époque très-reculée, un ordre parfaitement

(¹) *Parallèle des langues de l'Europe et de l'Inde.* Paris 1833-36; *Grammaire comparée des langues indo-européennes*, par Bopp, Berlin, 1833-52;
et beaucoup de publications plus récentes.

(²) Voir à ce sujet les *Etudes sur Ninive et Persépolis* et le *Tableau de
la Littérature du Nord.*

logique fondé sur les organes de la voix, séparant les modula-
tions ou voyelles des articulations ou consonnes; distinguant
les voyelles selon l'intonation aiguë, grave, brève ou longue
qui les forme ; distinguant les consonnes selon qu'elles sont
produites avec ou sans aspiration, par le contact du gosier,
du palais, des dents, des lèvres, de la langue,

Ce système, si complexe en apparence, se déroule avec une
admirable symétrie par l'exacte correspondance des sons, qui
toujours se groupent conformément à leur nature, c'est-à-dire
aux vibrations de l'organe vocal ; de sorte que toute l'euphonie
grecque se trouve reproduite en sanscrit, sur une base plus
large, plus régulière encore, qui n'est autre que la série
des lettres.

Pour écarter toute digression oiseuse d'un exposé néces-
sairement succinct, nous nous contenterons de tracer ici
l'alphabet harmonique des Indiens, assimilé dans son arran-
gement à celui des Grecs et des Latins, et exprimé en lettres
romaines selon sa valeur radicale.

i, î		a, â		u, û
ê, ai				ô, au
y				v
		:		
h	ç	s	s	
k, kh	ē, ēh	t, th	t, th	p, ph
g, gh	j, jh	d, dh	d, dh	b, bh
ń	ñ	n	n	m

r   l

r̂ r̂   (ĺ) (l̂)

(lr)

Des trois voyelles simples *a, i, u* brefs, la première, qui ouvre la liste comme dans l'alphabet phénicien, représente le souffle vocal pur naturellement inhérent à chaque consonne, souffle que nous varions en *a, e, o,* et qui chez les Indiens se nuançait de même, mais dont la distinction phonétique, malheureusement omise dans l'alphabet, se confond dans un seul caractère d'une apparente monotonie. Les deux autres voyelles *i, u,* (prononcez *i, ou*), combinées avec la première, produisent les sons *é, ó* longs, qui sont de véritables diphthongues. Les liquides *y, v,* forment la transition des voyelles aux sifflantes *h, ç, s, s* qui, lorsqu'elles sont finales, se résument en une aspiration vague, marquée chez les Indiens par : , et se changent souvent en *r* ou en *ó* long. Puis viennent les cinq classes de muettes, gutturales, palatales, dentales, cérébrales, labiales, soit fortes, soit faibles, soit aspirées. Les lettres des 1ʳᵉ, 3ᵉ, 5ᵉ classes se prononcent comme en latin ; les palatales ont le son complexe *tch, dj,* si commun en italien et en anglais ; les cérébrales, le son dental emphatique usité de nos jours chez les Arabes. Les nasales correspondant à chaque classe, se résument, lorsqu'elles sont finales, dans le signe indien* marquant *m* ou une nasalité vague comme en français. Enfin, des linguales *r, l,* la première peut se vocaliser en un son *r* ponctué, assez semblable aux *r* anglais et polonais. La vocalisation de *l* est généralement tombée en désuétude.

Pour exprimer la valeur de ces sons dans une transcription claire et nette, nous avons préféré comme on le voit le calque littéral au calque phonétique, cherchant à rendre autant que possible chaque son simple par une lettre simple, dont les variations sont marquées par quelques signes diacritiques, au lieu d'accumuler les groupes qui donnent à certaines transcriptions, à celle du russe par exemple, cette physionomie si bizarre que l'abus seul a consacrée. La noble langue des Indiens ne mérite pas cette superfétation, et les éléments de son alphabet si riche et si simple à la fois doivent correspondre par leur simplicité même à ceux de l'alphabet grec et latin. Privé de ressources typographiques pour en signaler toutes les nuances, nous ne le faisons ici qu'imparfaitement ; mais ces lacunes accidentelles seraient bien faciles à combler.

Les mots sanscrits, liés entre eux par une harmonie continue, s'enchaînent dans les manuscrits en lignes sans solution, dans lesquelles chaque finale d'un mot est modifiée par l'initiale suivante. En observant, aussi fidèlement que possible, ces règles importantes d'euphonie et les apocopes qui en résultent, nous nous attacherons néanmoins à séparer constamment les mots, regardant cette séparation logique comme absolument nécessaire à la prompte intelligence d'un idiome qui doit éclairer tous les autres. C'est effectivement en observant de près ces termes antiques de la langue indienne, dégagés de leur enveloppe locale et rapprochés de notre orthographe, qu'on pourra saisir d'un coup-d'œil les analogies frappantes qu'ils présentent avec ceux des idiomes grecs, romains, germaniques, et les lumières merveilleuses qu'ils répandent sur tout l'ensemble de la grammaire.

La grammaire sanscrite en elle-même si méthodique et si complète ne saurait trouver place dans ce court exposé. Nous nous bornerons à rappeler ici que ses règles les plus importantes sont en parfait accord avec celles des langues européennes les plus anciennes, et que les formules appliquées aux grandes idées fondamentales s'expriment exactement par les mêmes sons. C'est ainsi que, pour le nominatif des trois genres, le masculin, emblème actif, est marqué par l'aspiration sifflante, qui est l'essence du verbe substantif; le féminin, type de beauté, par la voyelle longue et sonore; le neutre,

emblême passif, par la nasalité sourde, qui indique aussi l'ac-
cusatif et que remplace quelquefois la dentale. De là les désinences indiénnes *as, á, am* ou *at*, correspondant au grec ος,
η, ον ou ο; au latin *us, a, um* ou *ud*; au gothique *s, a, at*; et,
par une mutation usitée en sanscrit même, à l'allemand *er,
e, es*. A cette distinction générique se rattachent trois nom-
bres et huit cas, dont les voyelles finales se modifient en cinq
ou six déclinaisons différentes, pour les substantifs comme
pour les adjectifs. Quant aux pronoms, leurs types fondamen-
taux se ramifient à travers toute la langue, dont ils consti-
tuent comme la charpente, sur laquelle s'appuient tous nos
idiomes. Car d'un côté les pronoms personnels, dans leurs
formes les plus usitées, servent de base à la conjugaison ver-
bale, dont les terminaisons sanscrites sont invariablement,
pour le singulier, *ámi, asi, ati*, pour le pluriel, *ámas, atha,
anti*; comme en grec μι, ς, σι, μεν, τε, ντι, ou ω, εις, ει, ομεν,
ετε, ουσι; comme en latin, *o, is, it, imus, itis, unt*; comme
en gothique, *a, is, ith, am, ith, and*; comme en allemand, *e,
est, et, en, et, en* : terminaisons modifiées en indien au moyen
de créments, d'augments, de lettres caractéristiques, à travers
six temps, six modes et deux voix, l'une active, l'autre moyenne
et passive. D'un autre côté les pronoms démonstratifs et inter-
rogatifs dominent, par leurs quatre types principaux, toutes
les langues indo-européennes, dont ils expliquent également
les adverbes de temps, de lieu et de manière. De plus, les
préfixes ou prépositions, les suffixes ou désinences, les noms
de nombre, les noms de parenté, ceux d'animaux et d'éléments, ceux de vertus et de vices, sans compter une multitude
d'autres répartis dans nos divers idiomes, se retrouvent dans
toute leur plénitude, avec leurs nuances, leurs contrastes,
leurs racines primitives en sanscrit.

Nous parlerons peu de la prosodie soumise à des règles
spéciales, très-diverses dans leur application, mais dont il

suffit de saisir le principe pour sentir l'harmonie des vers. Le vers héroïque sanscrit, qui seul doit nous occuper ici, et que les molles ondulations de la voix plaintive de deux cygnes inspirèrent à Valmikis, l'Homère indien, se compose de seize syllabes avec césure , et se groupe généralement en distiques. Rapproché de l'hexamètre grec par sa forme et par sa quantité variée , il en diffère en ce que, brèves et longues ayant la même valeur numérique malgré leurs combinaisons diverses, il repose comme nos vers français sur un même nombre de syllabes avec la césure au milieu. La quantité, libre pour certains pieds, obligatoire pour d'autres, est d'ailleurs indiquée aux yeux par l'aspect même des voyelles brèves ou longues, en observant la règle classique de l'allongement d'une brève suivie de deux consonnes ou d'une aspiration finale. Quant à l'accentuation, généralement omise dans l'écriture, elle s'est trop altérée chez les Hindous actuels pour qu'on puisse espérer en retrouver de nos jours les nuances délicates et fugitives, puisque la distinction beaucoup plus importante des intonations diverses de la lettre *a* s'est également perdue sans retour. N'imputons pas toutefois à l'antique poésie d'un peuple aussi spirituel qu'enthousiaste l'apparente monotonie qui la dépare ; et rendons au moins par la pensée à ces vers empreints d'images si belles et de sentiments si généreux, l'attrait de leur harmonie native et de leur inspiration première.

Les fragments reproduits ici avec texte et traduction littérale , et avec l'imitation en vers latins que nous avons précédemment publiée, sont la prière de Sîta à Râmas partant pour l'exil ; les paroles de Râmas à Sîta dans la grotte ; l'enlèvement de Sîta par Ravanas ; les plaintes de Râmas délaissé ; et enfin le discours de Çakuntala au roi Dusmantas qui la méconnaît pour épouse. Ces fragments paraîtront sans doute suffisants pour établir l'exactitude de nos imitations latines, que nous n'avons légèrement modifiées que pour les préciser davantage.

1.

Çapê "ham prasâdêna jîvitêna ča, Raghava,
juro ego salute vitâ que, Raghuide,

Yathâ nê 'ččâmy aham vastum svargê "pi rahitâ tvayâ;
quòd non cupiam ego habitare cœlo orbata te;

Tvam mê nâthô guruç čaiva, gatir daivatam êvača ;
tu mihi dux magister que, iter deitas etiam,

Gamisyâmi tvayâ sârdham, êsa mê niççayas paras.
ibo te secus, ista mihi voluntas prima.

Rame, per hanc animam et venturæ gaudia vitæ
Testor, non sine te cœli foret ulla cupido ;
Rector es et dominus, tu lux mea, tu deus ipse;
Te sequar, ô conjux, hæc est suprema voluntas.

Tvayâ saha bhavisyâmi phala-mûla-krtâçanâ,
te - cum fiam fructus radices edens,

Durbharâ na bhavisyâmi vanê tê "ham kathančana ;
molesta non fiam silvâ tibi ego quidquam;

Iččhâmi saritas çailân sarânsi ča vanâni ča
cupio fluvios montes lacus que silvas que

Drastum valkala-sanvîtâ, tvayâ nâthêna raxitâ.
videre cortice vestita, te duce . protecta.

Exul ego tecum silvestri ex arbore poma
Radicesve legam, nec te comes ista gravabit ;
Tantus amor fluvios, montes, silvasque lacusque,
Cortice vestitam, Ramo auxiliante videre.

Bhartâram kila yâ narî, čhayê 'vâ, 'nugatâ sadâ,
maritum nempe quæ mulier, umbra ceu, secuta semper,

Anugaččhati gaččhantam, tisthantam čâ 'nutisthati.
adit euntem, stanti que adstat.

Yas tvayâ saha sa svargô, narakô yas tvayâ vinâ ;
quod   te - cum hoc cœlum, inferum quod   te   sine;

Kuru mê dayitam kâmam, gac̄c̄hêyam sahitâ tvayâ !
da   mihi   carum   votum,   abeam   sociata tibi !

Cunctis umbra locis aderit tibi dedita conjux,
Si stes, stabit amans, si progrediare, sequetur.
Te præsente salus, te nox inferna remoto ;
Cede piis precibus, fausto ferar omine tecum !

2.

Putra-priyô "sau çakunis, putra, putrê 'ti bhâsati
prolis amans illa   avis,   puer,   puer itâ   fatur

Madhurâm karunâm vac̄am, purê 'va janani mama !
dulci   mœstâ   voce,   olim ceu genitrix   mea.

Êsâ kusumitam vrxam puspa-bhârâ-natâ latâ
hanc frondosam arborem florum fasce nutans virga

Drçyatê, mâm ivâ 'tyartham çramâd, dêvi, tvam, âçritâ.
videtur,   me   ceu   valdê   languore, cara,   tu,   amplexa.

Prolis amans avis illa, puer, puer, arbore summâ
Voce tremente vocat ; sic me dulcissima mater !
Florida virga, vide, nutans sub fasce rosarum,
Frondosam amplexa est, ceu tu me languida, stirpem.

3.

Tâm apaçyat tatô bâlâm bhrâtrbhyâm rahitâm vanê,
hanc aspexit tunc puellam   fratribus   orbatam silvâ,

Rahitâm arka-c̄andrabhyâm sandhyâm iva mahat tamas.
orbatam sole   lunâque   auroram ceu magna nebula.

Impius at Ravanas densâ sub fronde puellam
Fratribus orbatam respexit, ut æthere ab alto
Auroram, dùm absunt sol lunaque, livida nubes.

Grhitvâ sa tu bâhubhyâm utpapâta mahâbalas,
amplexus hic (eam)   brachiis   exsiluit   magnus gigas,

Garudhas   çîghram âdâya pannagêndra-vadhum iva.
garudhas (avis)   rapidè capiens serpentum regis uxorem ceu.

Ille manu validâ luctantem amplexus, in auras
Sustulit , ut vitreâ reginam è sede colubram
Altisonans pedibus divûm rapit armiger uncis.

4.

Çôkas kilê 'ha kâlêna gacchatâ hy apagacchati,
dolor quidem tempore labente   elabitur,

Mama tv apaçyatas kântâm ahany ahani vardhatê.
mei   non videntis amatam   die   die   crescit,

Vâhi, vâta, yatas kântâ, tâm sprstvâ mâm api sprça !
veni, vente, unde amata, hanc afflans   me   etiam affla !

Bahv êtat, kâmayânasya çakyam tênâ 'pi jîvitum.
multum illud, desiderantem   posse   sic adhuc vivere.

Humanâ de mente dolor labentibus horis
Labitur, at meus ille dieque dieque resurgit.
Vente, veni, quem spirat amans, afflabis amantem !
Vix ita, vix misero vivendi oblata facultas.

5.

Jânann api, mahârâja, kasmâd êvam prabhâsasê :
gnoscens quidem, magne rex, quomodo sic   profiteris ;

Na jânâmî 'ti niçankam, yathâ 'nyas prakrtô janas ?
non gnosco, ita, falsum,   uti   alius   vulgaris homo ?

Manyatê pâpakam krtvâ : na kaçcid vêtti mâm, iti ?
putat   malum   faciens : non quisquam videt me,   itâ ;

Vêdanti cai 'nam dêvâç ca, svaç caivâ 'ntara-purusas,
vident que illum dii que, suus   que interior   homo.

Altâ mente memor, quid ais, fortissime regum,
Immemor esse mei, vilis mendacia vulgi ?
Nùm reputas peccare volens : non me videt ullus ?
Te vidêre dii, te pectoris intimus hospes,

Sa tvam svayam api prâptam, sâ 'bhilâsam imam sutam,
hic tu te ipsum quidem tangentem, hic arridentem illum natum,
Prêxamânam katâxêna, kimartham avamanasê ?
prospicientem intuitu, quâ arte rejicies ?
Andani bibhrati svâni, na bhindanti pipîlakâs ;
ova fovent sua, non findùrit aviculæ ;
Na bharêthâs katham nu tvam, dharmajnas san, svam âtmajam ?
non ferres quidnam tu, juris gnarus, tuum filium ?

Hunc ergo puerum, dùm parvula brachia tendit
Arridetque oculis, falso sub crimine linques ?
Intemerata fovens volucris circumvolat ova ;
Tu legum custos, tu prolem, invicte, repelles ?

Vêdêsv api vadantî 'mam mantrajâtam dvijâtayas,
in vedis quidem dicunt illam formulam brahmani,
Jâtakarmani putrânâm, tavâ 'pi viditum yathâ :
natali festo puerorum, tibi quidem cognitam utique :
Angâd angât sambhavasi, hrdayâd abhijâyasê,
corpore corpore exortus, corde progenitus,
Âtmâ vai putra namâ 'si, sanjîva çaradas çatam !
mei ecce puer nam es, vive æstates centum !

Scis quæ verba pius vedis inscripta sacerdos
Dicat, ubi festis fumant natalibus aræ :
Corpore corpus, ave, mens mente renata paternâ ;
Fausta meo puero centesima floreat æstas !

Kim nu karmá 'çubham purvê krtavanty asmi janmani,
quod   factum   iniquum   priore   perpetrata   sum   vitâ,

Yad aham bândhavais tyaktâ, bâlyê samprati ča tvayâ?
ut   ego   à propinquis   relicta,   forti   simul   que à te?

Kámam tvayá parityaktâ gamisyâmi svam âçramam,
sponte   à te   derelicta   ibo   ad meam solitudinem,

Imam tu bâlam santyaktum nâ 'rhasy âtmajam âtmanas!
hunc   puerum   relinquere   non debes   genitum   te ipso!

Nescio quæ labes ævò sit inusta priori,
Ut sic à sociis, à conjuge sola relinquar?
Aufugiam în silvas superis invisa, sed illum
Illum sume pater proprio de sanguine natum!